张蔚昕 绘 Illustrated by Zhang Weixin ｜ 许渊冲 译 Translated by Xu Yuanchong

ANCIENT POEMS FOR CHILDREN
画给孩子的古诗 汉英对照

 CHINA INTERCONTINENTAL PRESS

图书在版编目 (CIP) 数据

画给孩子的古诗：汉英对照 / 张蔚昕绘；许渊冲译．
-- 北京：五洲传播出版社，2019.10 （2024.1 重印）
ISBN 978-7-5085-4281-2

Ⅰ．①画… Ⅱ．①张… ②许… Ⅲ．①古典诗歌－中国－少儿读物－汉、英 Ⅳ．① I222

中国版本图书馆 CIP 数据核字 (2019) 第 180338 号

出 版 人：荆孝敏
绘　　画：张蔚昕
古诗英译：许渊冲
策划编辑：王　莉
特约编辑：邓　楠　王　峰
责任编辑：黄金敏
设计制作：李玲玲
本书古诗唱诵音频"昕融唱诗词"由北京龙天世纪文化有限公司授权使用。

画给孩子的古诗

出版发行：五洲传播出版社
地　　址：北京市海淀区北三环中路 31 号凯奇大厦 B 座 7 层
邮政编码：100088
电　　话：010-82005927 010-82007837
网　　址：http://www.cicc.org.cn, http://www.thatsbooks.com
制版单位：北京朗华文化发展有限公司
印　　刷：北京市房山腾龙印刷厂
开　　本：889mm×1194mm 1/20
印　　张：9
版　　次：2019 年 10 月第 1 版　2024 年 1 月第 2 次印刷
书　　号：ISBN 978-7-5085-4281-2
定　　价：108.00 元

目录
CONTENTS

江南 汉乐府...2
GATHERING LOTUS Anonymous

长歌行 汉乐府...4
A SLOW SONG Anonymous

七步诗 三国 / 曹植...6
WRITTEN WHILE TAKING SEVEN PACES Cao Zhi (192—232)

敕勒歌 北朝民歌...8
A SHEPHERD'S SONG
Folk Songs of Northern and Southern Dynasties

咏鹅 唐 / 骆宾王...10
O GEESE Luo Bingwang (c. 626—684)

风 唐 / 李峤...12
THE WIND Li Qiao (c. 645—714)

送杜少府之任蜀州 唐 / 王勃...14
FAREWELL TO PREFECT DU Wang Bo (c. 650—676)

咏柳 唐 / 贺知章...16
THE WILLOW He Zhizhang (c. 659—744)

回乡偶书 唐 / 贺知章 18
HOME-COMING He Zhizhang

登鹳雀楼 唐 / 王之涣 20
ON THE STORK TOWER Wang Zhihuan (688—742)

凉州词 唐 / 王翰 22
STARTING FOR THE FRONT Wang Han

春晓 唐 / 孟浩然 24
SPRING MORNING Meng Haoran (689—740)

宿建德江 唐 / 孟浩然 26
MOORING ON THE RIVER AT JIANDE Meng Haoran

芙蓉楼送辛渐 唐 / 王昌龄 28
FAREWELL TO XIN JIAN AT LOTUS TOWER
Wang Changling (?—c. 756)

别董大 唐 / 高适 30
FAREWELL TO A LUTIST Gao Shi (702?—765)

送元二使安西 唐 / 王维 32
A FAREWELL SONG Wang Wei (?—761)

九月九日忆山东兄弟 唐 / 王维 34
THINKING OF MY BROTHERS ON
MOUNTAIN-CLIMBING DAY Wang Wei

鸟鸣涧 唐 / 王维 36
THE DALE OF SINGING BIRDS Wang Wei

相思 唐 / 王维 38
LOVE SEEDS Wang Wei

鹿柴 唐 / 王维 40
THE DEER ENCLOSURE Wang Wei

黄鹤楼送孟浩然之广陵 唐 / 李白 42
SEEING MENG HAORAN OFF AT YELLOW
CRANE TOWER Li Bai (701—762)

静夜思 唐 / 李白 44
THOUGHTS ON A TRANQUIL NIGHT Li Bai

古朗月行 唐 / 李白 46
SONG OF THE BRIGHT MOON Li Bai

望庐山瀑布 唐 / 李白 48
THE WATERFALL IN MOUNT LU VIEWED
FROM AFAR Li Bai

赠汪伦 唐 / 李白 50
TO WANG LUN Li Bai

早发白帝城 唐 / 李白 52
LEAVING THE WHITE EMPEROR TOWN AT DAWN Li Bai

望天门山 唐 / 李白 54
MOUNT HEAVEN'S GATE VIEWED FROM AFAR Li Bai

独坐敬亭山 唐 / 李白 56
SITTING ALONE IN FACE OF PEAK JINGTING Li Bai

春夜喜雨 唐 / 杜甫 58
HAPPY RAIN ON A SPRING NIGHT Du Fu (712—770)

绝句 唐 / 杜甫 60
A QUATRAIN Du Fu

江畔独步寻花 唐 / 杜甫 62
LOOKING FOR FLOWERS BY THE RIVERSIDE Du Fu

江南逢李龟年 唐 / 杜甫 64
COMING ACROSS A DISFAVORED COURT MUSICIAN
ON THE SOUTHERN SHORE OF THE YANGTZE RIVER Du Fu

望岳 唐 / 杜甫 66
GAZING ON MOUNT TAI Du Fu

绝句 唐 / 杜甫 68
A QUATRAIN Du Fu

赠花卿 唐 / 杜甫 70
TO GENERAL HUA Du Fu

枫桥夜泊 唐 / 张继 72
MOORING BY MAPLE BRIDGE AT NIGHT Zhang Ji

渔歌子 唐 / 张志和..74
A FISHERMAN'S SONG Zhang Zhihe

塞下曲六首（其二）　唐 / 卢纶..........................76
BORDER SONGS (II) Lu Lun (?—799?)

滁州西涧 唐 / 韦应物......................................78
ON THE WEST STREAM AT CHUZHOU Wei Yingwu (737—c. 792)

早春呈水部张十八员外 唐 / 韩愈.........................80
EARLY SPRING WRITTEN FOR SECRETARY ZHANG JI
Han Yu (768—824)

游子吟 唐 / 孟郊..82
SONG OF THE PARTING SON Meng Jiao (751—814)

乌衣巷 唐 / 刘禹锡..84
THE STREET OF MANSIONS Liu Yuxi (772—842)

望洞庭 唐 / 刘禹锡..86
LAKE DONGTING VIEWED FROM AFAR Liu Yuxi

池上 唐 / 白居易..88
ON LOTUS POND Bai Juyi (772—846)

赋得古原草送别 唐 / 白居易..............................90
GRASS ON THE ANCIENT PLAIN—
FAREWELL TO A FRIEND Bai Juyi

忆江南 唐 / 白居易 **92**
FAIR SOUTH RECALLED　Bai Juyi

悯农（其二） 唐 / 李绅 **94**
THE PEASANTS (II)　Li Shen (772—846)

江雪 唐 / 柳宗元 **96**
FISHING IN SNOW　Liu Zongyuan (773—819)

寻隐者不遇 唐 / 贾岛 **98**
FOR AN ABSENT RECLUSE　Jia Dao (779—843)

题都城南庄 唐 / 崔护 **100**
WRITTEN IN A VILLAGE SOUTH OF THE CAPITAL　Cui Hu

小儿垂钓 唐 / 胡令能 **102**
A FISHING LAD　Hu Lingneng

山行 唐 / 杜牧 **104**
GOING UP THE HILL　Du Mu (803—852)

清明 唐 / 杜牧 **106**
THE MOURNING DAY　Du Mu

江南春 唐 / 杜牧 **108**
SPRING ON THE SOUTHERN RIVERSHORE　Du Mu

秋夕 唐 / 杜牧 **110**
AN AUTUMN NIGHT　Du Mu

乐游原 唐 / 李商隐..............112
ON THE PLAIN OF TOMBS Li Shangyin(c. 813—c. 858)

嫦娥 唐 / 李商隐..............114
TO THE MOON GODDESS Li Shangyin

蜂 唐 / 罗隐..............116
THE BEES Luo Yin (833—909)

江上渔者 北宋 / 范仲淹..............118
THE FISHERMAN ON THE STREAM Fan Zhongyan (989—1052)

一去二三里 北宋 / 邵雍..............120
ONE GOES TWO OR THREE MILES Shao Yong

元日 北宋 / 王安石..............122
THE LUNAR NEW YEAR'S DAY Wang Anshi (1021—1086)

梅花 北宋 / 王安石..............124
MUME BLOSSOMS Wang Anshi

泊船瓜洲 北宋 / 王安石..............126
MOORED AT THE FERRY Wang Anshi

书湖阴先生壁 北宋 / 王安石..............128
WRITTEN ON MY NEIGHBOR'S WALL Wang Anshi

六月二十七日望湖楼醉书 北宋 / 苏轼..............130
WRITTEN WHILE DRUNKEN IN LAKE VIEW PAVILION
Su Shi (1037—1101)

饮湖上初晴后雨 北宋 / 苏轼 **132**
DRINKING AT THE LAKE, FIRST IN SUNNY,
THEN IN RAINY WEATHER Su Shi

题西林壁 北宋 / 苏轼 **134**
WRITTEN ON THE WALL OF WEST FOREST TEMPLE Su Shi

惠崇春江晚景 北宋 / 苏轼 **136**
VERNAL SCENE ON A RIVER Su Shi

四时田园杂兴（其一） 南宋 / 范成大 **138**
RURAL LIFE (I) Fan Chengda (1126—1193)

四时田园杂兴（其二） 南宋 / 范成大 **140**
RURAL LIFE (II) Fan Chengda

小池 南宋 / 杨万里 **142**
A LITTLE POOL Yang Wanli (1127—1206)

晓出净慈寺送林子方 南宋 / 杨万里 **144**
THE WEST LAKE Yang Wanli

春日 南宋 / 朱熹 **146**
A SPRING DAY Zhu Xi (1130—1200)

观书有感 南宋 / 朱熹 **148**
THE BOOK Zhu Xi

游园不值 南宋 / 叶绍翁 **150**
CALLING ON A FRIEND WITHOUT MEETING HIM
Ye Shaoweng (fl.1224)

乡村四月 南宋 / 翁卷 **152**
RURAL LIFE Weng Juan

墨梅 元 / 王冕 **154**
MUME BLOSSOMS PAINTED IN BLACK INK Wang Mian (?—1359)

石灰吟 明 / 于谦 **156**
SONG OF THE LIME Yu Qian (1398—1457)

竹石 清 / 郑燮 **158**
BAMBOO IN THE ROCK Zheng Xie (1693—1765)

所见 清 / 袁枚 **160**
A COWBOY Yuan Mei (1716—1798)

村居 清 / 高鼎 **162**
RURAL SCENE Gao Ding

江 南 汉乐府

jiāng nán kě cǎi lián, lián yè hé tián tián 。
江 南 可 采 莲 ， 莲 叶 何 田 田 。

yú xì lián yè jiān, yú xì lián yè dōng,
鱼 戏 莲 叶 间 ， 鱼 戏 莲 叶 东 ，

yú xì lián yè xī, yú xì lián yè nán,
鱼 戏 莲 叶 西 ， 鱼 戏 莲 叶 南 ，

yú xì lián yè běi 。
鱼 戏 莲 叶 北 。

GATHERING LOTUS Anonymous

Let's gather lotus seed by southern rivershore!

The lotus sways with teeming leaves we adore.

Among the leaves fish play and make love.

In the east they make love below and we above,

In the west they make love below and we above,

In the south they make love below and we above,

In the north they make love below and we above.

cháng gē xíng
长 歌 行 汉乐府

qīng	qīng	yuán	zhōng	kuí		zhāo	lù	dài	rì	xī
青	青	园	中	葵 ，		朝	露	待	日	晞 。

qīng qīng yuán zhōng kuí，　zhāo lù dài rì xī 。
青　青　园　中　葵，　　朝　露　待　日　晞 。

yáng chūn bù dé zé，　wàn wù shēng guāng huī 。
阳　春　布　德　泽，　　万　物　生　光　辉 。

cháng kǒng qiū jié zhì，　kūn huáng huā yè shuāi 。
常　恐　秋　节　至，　　焜　黄　华　叶　衰 。

bǎi chuān dōng dào hǎi，　hé shí fù xī guī ？
百　川　东　到　海，　　何　时　复　西　归 ？

shào zhuàng bù nǔ lì，　lǎo dà tú shāng bēi 。
少　壮　不　努　力，　　老　大　徒　伤　悲 。

A SLOW SONG **Anonymous**

The mallow in the garden green in hue
Awaits the sun to dry the morning dew.
The radiant spring spreads its nourishing light,
All living things become then fresh and bright.
I dread the coming of the autumn drear
When leaves turn yellow and red flowers sere.
A hundred streams flow eastwards to the sea,
When to return to the west can they be free?
If one does not make good use of his youth,
In vain will he pass his old age in ruth.

qī bù shī 七步诗 三国 / 曹植

zhǔ dòu rán dòu qí
煮 豆 燃 豆 萁 ，
dòu zài fǔ zhōng qì
豆 在 釜 中 泣 。
běn zì tóng gēn shēng
本 自 同 根 生 ，
xiāng jiān hé tài jí
相 煎 何 太 急 ？

WRITTEN WHILE TAKING SEVEN PACES

Cao Zhi (192—232)

Pods burned to cook peas,
Peas weep in the pot:
"Grown from the same trees,
Why boil us so hot?"

chì lè gē
敕 勒 歌 北朝民歌

chì lè chuān   yīn shān xià
敕 勒 川 ， 阴 山 下 ，

tiān sì qióng lú   lǒng gài sì yě
天 似 穹 庐 ， 笼 盖 四 野 。

tiān cāng cāng   yě máng máng
天 苍 苍 ， 野 茫 茫 ，

fēng chuī cǎo dī xiàn niú yáng
风 吹 草 低 见 牛 羊 。

A SHEPHERD'S SONG Folk Songs of Northern and Southern Dynasties

By the side of the rill,

At the foot of the hill,

The grassland stretches 'neath the firmament tranquil.

The boundless grassland lies

Beneath the boundless skies.

When the winds blow

And grass bends low,

My sheep and cattle will emerge before your eyes.

yǒng é
咏 鹅 唐 / 骆宾王

é 鹅 , é 鹅 , é 鹅 ,
qū 曲 xiàng 项 xiàng 向 tiān 天 gē 歌 。
bái 白 máo 毛 fú 浮 lǜ 绿 shuǐ 水 ,
hóng 红 zhǎng 掌 bō 拨 qīng 清 bō 波 。

O GEESE Luo Bingwang (c. 626—684)

O geese, O geese, O geese!

You crane your neck and sing to the sky your song sweet.

Your white feathers float on green water with ease,

You swim through clear waves with your red webbed feet.

fēng
风 唐 / 李峤

jiě luò sān qiū yè
解 落 三 秋 叶，

néng kāi èr yuè huā
能 开 二 月 花。

guò jiāng qiān chǐ làng
过 江 千 尺 浪，

rù zhú wàn gān xié
入 竹 万 竿 斜。

THE WIND Li Qiao (c. 645—714)

It will blow autumn leaves away,

Give early spring a blooming day.

Raise waves on passing by the stream,

And slant bamboos in noonday dream.

sòng dù shào fǔ zhī rèn shǔ zhōu

送杜少府之任蜀州 唐 / 王勃

城阙辅三秦，风烟望五津。
与君离别意，同是宦游人。
海内存知己，天涯若比邻。
无为在歧路，儿女共沾巾。

FAREWELL TO PREFECT DU **Wang Bo (c. 650—676)**

You leave the town walled far and wide,

For mist-veiled land by riverside.

I feel on parting sad and drear,

For both of us are strangers here.

If you have friends who know your heart,

Distance cannot keep you apart.

At crossroads where we bid adieu,

Do not shed tears as women do!

yǒng liǔ

咏 柳 唐 / 贺知章

碧 玉 妆 成 一 树 高 ，
bì yù zhuāng chéng yí shù gāo

万 条 垂 下 绿 丝 绦 。
wàn tiáo chuí xià lù sī tāo

不 知 细 叶 谁 裁 出 ，
bù zhī xì yè shéi cái chū

二 月 春 风 似 剪 刀 。
èr yuè chūn fēng sì jiǎn dāo

THE WILLOW He Zhizhang (c. 659—744)

The slender tree is dressed in emerald all about,

A thousand branches droop like fringes made of jade.

But do you know by whom these slim leaves are cut out?

The wind of early spring is sharp as scissor blade.

huí xiāng ǒu shū
回 乡 偶 书 唐 / 贺知章

shào xiǎo lí jiā lǎo dà huí
少 小 离 家 老 大 回 ，

xiāng yīn wú gǎi bìn máo shuāi
乡 音 无 改 鬓 毛 衰 。

ér tóng xiāng jiàn bù xiāng shí
儿 童 相 见 不 相 识 ，

xiào wèn kè cóng hé chù lái
笑 问 客 从 何 处 来 。

HOME-COMING He Zhizhang

I left home young and not till old do I come back,

Unchanged my accent, my hair no longer black.

My children whom I meet do not know who am I,

"Where do you come from, sir?" they ask with beaming eye.

19

dēng guàn què lóu
登 鹳 雀 楼 唐 / 王之涣

bái　rì　yī　shān　jìn
白　日　依　山　尽 ，

huáng　hé　rù　hǎi　liú
黄　河　入　海　流 。

yù　qióng　qiān　lǐ　mù
欲　穷　千　里　目 ，

gèng　shàng　yì　céng　lóu
更　上　一　层　楼 。

ON THE STORK TOWER　Wang Zhihuan (688—742)

The sun along the mountain bows,
The Yellow River seawards flows.
You will enjoy a grander sight
If you climb to a greater height.

凉州词 唐/王翰

liáng zhōu cí

葡萄美酒夜光杯，
pú táo měi jiǔ yè guāng bēi

欲饮琵琶马上催。
yù yǐn pí pá mǎ shàng cuī

醉卧沙场君莫笑，
zuì wò shā chǎng jūn mò xiào

古来征战几人回？
gǔ lái zhēng zhàn jǐ rén huí

STARTING FOR THE FRONT Wang Han

With wine of grapes the cups of jade would glow at night,
Drinking to pipa songs, we are summoned to fight.
Don't laugh if we lay drunken on the battleground!
How many warriors ever came back safe and sound?

chūn xiǎo
春 晓 唐 / 孟浩然

chūn mián bù jué xiǎo
春 眠 不 觉 晓 ，

chù chù wén tí niǎo
处 处 闻 啼 鸟 。

yè lái fēng yǔ shēng
夜 来 风 雨 声 ，

huā luò zhī duō shǎo
花 落 知 多 少 。

SPRING MORNING Meng Haoran (689—740)

This spring morning in bed I'm lying,

Not to awake till birds are crying.

After one night of wind and showers,

How many are the fallen flowers!

sù jiàn dé jiāng
宿建德江 唐 / 孟浩然

yí zhōu bó yān zhǔ
移 舟 泊 烟 渚 ，

rì mù kè chóu xīn
日 暮 客 愁 新 。

yě kuàng tiān dī shù
野 旷 天 低 树 ，

jiāng qīng yuè jìn rén
江 清 月 近 人 。

MOORING ON THE RIVER AT JIANDE **Meng Haoran**

My boat is moored near an isle in mist grey,

I'm grieved anew to see the parting day.

On boundless plain trees seem to scrape the sky,

In water clear the moon appears so nigh.

27

fú róng lóu sòng xīn jiàn
芙 蓉 楼 送 辛 渐 唐 / 王昌龄

hán	yǔ	lián	jiāng	yè	rù	wú	
寒	雨	连	江	夜	入	吴	，

píng	míng	sòng	kè	chǔ	shān	gū	
平	明	送	客	楚	山	孤	。

luò	yáng	qīn	yǒu	rú	xiāng	wèn	
洛	阳	亲	友	如	相	问	，

yí	piàn	bīng	xīn	zài	yù	hú	
一	片	冰	心	在	玉	壶	。

FAREWELL TO XIN JIAN AT LOTUS TOWER

Wang Changling (?—c. 756)

A cold rain mingled with East Stream invades the night,
At dawn you leave the Southern hills lonely in haze.
If my friends in the North should ask if I'm all right,
My heart is free of stain as ice in crystal vase.

bié dǒng dà
别 董 大 唐 / 高适

千里黄云白日曛，
北风吹雁雪纷纷。
莫愁前路无知己，
天下谁人不识君。

FAREWELL TO A LUTIST Gao Shi (702?—765)

Yellow clouds spread for miles and miles have veiled the day,
The north wind blows down snow and wild geese fly away.
Fear not you've no admirers as you go along!
There is no connoisseur on earth but loves your song.

sòng yuán èr shǐ ān xī
送 元 二 使 安 西 唐 / 王维

wèi	chéng	zhāo	yǔ	yì	qīng	chén	
渭	城	朝	雨	浥	轻	尘	，

kè	shè	qīng	qīng	liǔ	sè	xīn	
客	舍	青	青	柳	色	新	。

quàn	jūn	gèng	jìn	yì	bēi	jiǔ	
劝	君	更	尽	一	杯	酒	，

xī	chū	yáng	guān	wú	gù	rén	
西	出	阳	关	无	故	人	。

A FAREWELL SONG Wang Wei (?—761)

No dust is raised on the road wet with morning rain,
The willows by the hotel look so fresh and green.
I invite you to drink a cup of wine again,
West of the Sunny Pass no more friends will be seen.

jiǔ yuè jiǔ rì yì shān dōng xiōng dì

九 月 九 日 忆 山 东 兄 弟 唐 / 王维

dú zài yì xiāng wéi yì kè
独 在 异 乡 为 异 客 ，

měi féng jiā jié bèi sī qīn
每 逢 佳 节 倍 思 亲 。

yáo zhī xiōng dì dēng gāo chù
遥 知 兄 弟 登 高 处 ，

biàn chā zhū yú shǎo yì rén
遍 插 茱 萸 少 一 人 。

THINKING OF MY BROTHERS
ON MOUNTAIN-CLIMBING DAY Wang Wei

Alone, a lonely stranger in a foreign land,

I doubly pine for my kinsfolk on holiday.

I know my brothers would, with dogwood spray in hand,

Climb up the mountain and miss me so far away.

niǎo míng jiàn
鸟 鸣 涧 唐 / 王维

rén xián guì huā luò
人 闲 桂 花 落 ，

yè jìng chūn shān kōng
夜 静 春 山 空 。

yuè chū jīng shān niǎo
月 出 惊 山 鸟 ，

shí míng chūn jiàn zhōng
时 鸣 春 涧 中 。

THE DALE OF SINGING BIRDS **Wang Wei**

Sweet laurel blooms fall unenjoyed,

Vague hills dissolve into night void.

The moonrise startles birds to sing,

Their twitter fills the dale with spring.

36

相 思 唐 / 王维

红豆生南国，
hóng dòu shēng nán guó

春来发几枝。
chūn lái fā jǐ zhī

愿君多采撷，
yuàn jūn duō cǎi xié

此物最相思。
cǐ wù zuì xiāng sī

LOVE SEEDS **Wang Wei**

Red berries grow in southern land.
How many load in spring the trees?
Gather them till full is your hand,
They would revive fond memories.

lù zhài
鹿 柴 唐 / 王维

空 山 不 见 人 ，
kōng shān bú jiàn rén

但 闻 人 语 响 。
dàn wén rén yǔ xiǎng

返 景 入 深 林 ，
fǎn yǐng rù shēn lín

复 照 青 苔 上 。
fù zhào qīng tái shàng

THE DEER ENCLOSURE **Wang Wei**

In pathless hills no man's in sight,

But I still hear echoing sound.

In gloomy forest peeps no light,

But sunbeams slant on mossy ground.

huáng hè lóu sòng mèng hào rán zhī guǎng líng
黄 鹤 楼 送 孟 浩 然 之 广 陵 唐 / 李白

gù rén xī cí huáng hè lóu
故 人 西 辞 黄 鹤 楼 ，

yān huā sān yuè xià yáng zhōu
烟 花 三 月 下 扬 州 。

gū fān yuǎn yǐng bì kōng jìn
孤 帆 远 影 碧 空 尽 ，

wéi jiàn cháng jiāng tiān jì liú
唯 见 长 江 天 际 流 。

SEEING MENG HAORAN OFF AT YELLOW CRANE TOWER Li Bai (701—762)

My friend has left the west where the Yellow Crane towers,

For River Town veiled in green willows and red flowers.

His lessening sail is lost in the boundless blue sky,

Where I see but the endless River rolling by.

jìng yè sī
静 夜 思 唐 / 李白

chuáng qián míng yuè guāng
床 前 明 月 光 ，
yí shì dì shàng shuāng
疑 是 地 上 霜 。
jǔ tóu wàng míng yuè
举 头 望 明 月 ，
dī tóu sī gù xiāng
低 头 思 故 乡 。

THOUGHTS ON A TRANQUIL NIGHT

Li Bai

Before my bed a pool of light—
Can it be hoar-frost on the ground?
Looking up, I find the moon bright;
Bowing, in homesickness I'm drowned.

gǔ lǎng yuè xíng
古 朗 月 行 唐 / 李白

xiǎo shí bù shí yuè，hū zuò bái yù pán。
小 时 不 识 月 ， 呼 作 白 玉 盘 。

yòu yí yáo tái jìng，fēi zài qīng yún duān。
又 疑 瑶 台 镜 ， 飞 在 青 云 端 。

xiān rén chuí liǎng zú，guì shù hé tuán tuán。
仙 人 垂 两 足 ， 桂 树 何 团 团 。

bái tù dǎo yào chéng，wèn yán yǔ shéi cān？
白 兔 捣 药 成 ， 问 言 与 谁 餐 ？

SONG OF THE BRIGHT MOON **Li Bai**

While young, I knew not the moon bright,

But called it plate made of jade white.

A mirror for the Goddess proud,

Flying above the azure cloud.

She hung her feet above unseen,

How round the laurel leaves are green.

The rabbits white made them a drug,

No patient but would give a hug.

wàng lú shān pù bù
望 庐 山 瀑 布 唐 / 李白

rì zhào xiāng lú shēng zǐ yān
日 照 香 炉 生 紫 烟 ，

yáo kàn pù bù guà qián chuān
遥 看 瀑 布 挂 前 川 。

fēi liú zhí xià sān qiān chǐ
飞 流 直 下 三 千 尺 ，

yí shì yín hé luò jiǔ tiān
疑 是 银 河 落 九 天 。

THE WATERFALL IN MOUNT LU VIEWED FROM AFAR **Li Bai**

The sunlit Censer Peak exhales incenselike cloud,
Like an upended stream the cataract sounds loud.
Its torrent dashes down three thousand feet from high,
As if the Silver River fell from the blue sky.

49

zèng wāng lún
赠 汪 伦 唐 / 李白

李白 乘 舟 将 欲 行 ，
lǐ bái chéng zhōu jiāng yù xíng

忽 闻 岸 上 踏 歌 声 。
hū wén àn shàng tà gē shēng

桃 花 潭 水 深 千 尺 ，
táo huā tán shuǐ shēn qiān chǐ

不 及 汪 伦 送 我 情 。
bù jí wāng lún sòng wǒ qíng

TO WANG LUN Li Bai

I, Li Bai, sit aboard a ship about to go,
When suddenly on shore your farewell songs o'erflow.
However deep the Lake of Peach Blossoms may be,
It's not so deep, O Wang Lun! as your love for me.

zǎo fā bái dì chéng
早发白帝城 唐 / 李白

朝 辞 白 帝 彩 云 间 ，
zhāo cí bái dì cǎi yún jiān

千 里 江 陵 一 日 还 。
qiān lǐ jiāng líng yí rì huán

两 岸 猿 声 啼 不 住 ，
liǎng àn yuán shēng tí bú zhù

轻 舟 已 过 万 重 山 。
qīng zhōu yǐ guò wàn chóng shān

LEAVING THE WHITE EMPEROR TOWN AT DAWN Li Bai

Leaving at dawn the White Emperor crowned with cloud,
I've sailed a thousand miles through canyons in a day.
With monkeys' sad adieus the riverbanks are loud,
My skiff has left ten thousand mountains far away.

wàng tiān mén shān

望 天 门 山 唐/李白

tiān mén zhōng duàn chǔ jiāng kāi
天 门 中 断 楚 江 开 ，

bì shuǐ dōng liú zhì cǐ huí
碧 水 东 流 至 此 回 。

liǎng àn qīng shān xiāng duì chū
两 岸 青 山 相 对 出 ，

gū fān yí piàn rì biān lái
孤 帆 一 片 日 边 来 。

MOUNT HEAVEN'S GATE VIEWED FROM AFAR Li Bai

Breaking Mount Heaven's Gate, the great River rolls through,
Green billows eastward flow and here turn to the north.
From both sides of the River thrust out the cliffs blue,
Leaving the sun behind, a lonely sail comes forth.

dú zuò jìng tíng shān
独 坐 敬 亭 山 唐 / 李白

zhòng niǎo gāo fēi jìn
众 鸟 高 飞 尽 ，

gū yún dú qù xián
孤 云 独 去 闲 。

xiāng kàn liǎng bú yàn
相 看 两 不 厌 ，

zhǐ yǒu jìng tíng shān
只 有 敬 亭 山 。

SITTING ALONE IN FACE OF PEAK JINGTING **Li Bai**

All birds have flown away, so high;
A lonely cloud drifts on, so free.
Gazing on Mount Jingting, nor I
Am tired of him, nor he of me.

chūn yè xǐ yǔ
春夜喜雨 唐／杜甫

hǎo	yǔ	zhī	shí	jié		dāng	chūn	nǎi	fā	shēng
好	雨	知	时	节 ，		当	春	乃	发	生 。
suí	fēng	qián	rù	yè		rùn	wù	xì	wú	shēng
随	风	潜	入	夜 ，		润	物	细	无	声 。
yě	jìng	yún	jù	hēi		jiāng	chuán	huǒ	dú	míng
野	径	云	俱	黑 ，		江	船	火	独	明 。
xiǎo	kàn	hóng	shī	chù		huā	zhòng	jǐn	guān	chéng
晓	看	红	湿	处 ，		花	重	锦	官	城 。

HAPPY RAIN ON A SPRING NIGHT Du Fu (712—770)

Good rain knows its time right,

It will fall when comes spring.

With wind it steals in night,

Mute, it moistens each thing.

O'er wild lanes dark cloud spreads,

In boat a lantern looms.

Dawn sees saturated reds,

The town's heavy with blooms.

jué jù
绝句 唐 / 杜甫

liǎng gè huáng lí míng cuì liǔ
两 个 黄 鹂 鸣 翠 柳 ，
yì háng bái lù shàng qīng tiān
一 行 白 鹭 上 青 天 。
chuāng hán xī lǐng qiān qiū xuě
窗 含 西 岭 千 秋 雪 ，
mén bó dōng wú wàn lǐ chuán
门 泊 东 吴 万 里 船 。

A QUATRAIN Du Fu

Two golden orioles sing amid the willows green,

A flock of white egrets flies into the blue sky.

My window frames the snow-crowned western mountain scene,

My door oft says to eastward-going ships "Goodbye!"

jiāng pàn dú bù xún huā

江 畔 独 步 寻 花 唐 / 杜甫

huáng shī tǎ qián jiāng shuǐ dōng
黄 师 塔 前 江 水 东 ，

chūn guāng lǎn kùn yǐ wēi fēng
春 光 懒 困 倚 微 风 。

táo huā yí cù kāi wú zhǔ
桃 花 一 簇 开 无 主 ，

kě ài shēn hóng ài qiǎn hóng
可 爱 深 红 爱 浅 红 。

LOOKING FOR FLOWERS BY THE RIVERSIDE Du Fu

Before the yellow Tower to the east of the stream,
Caressed by vernal breeze that swings and sways in dream.
A tuft of peach flowers smile with blossoms outspread,
They're lovely either in deeper or brighter red.

江 南 逢 李 龟 年
jiāng nán féng lǐ guī nián

唐 / 杜甫

岐 王 宅 里 寻 常 见 ，
qí wáng zhái lǐ xún cháng jiàn

崔 九 堂 前 几 度 闻 。
cuī jiǔ táng qián jǐ dù wén

正 是 江 南 好 风 景 ，
zhèng shì jiāng nán hǎo fēng jǐng

落 花 时 节 又 逢 君 。
luò huā shí jié yòu féng jūn

COMING ACROSS A DISFAVORED COURT MUSICIAN ON THE SOUTHERN SHORE OF THE YANGTZE RIVER Du Fu

How oft in princely mansions did we meet!

As oft in lordly halls I heard you sing.

Now the Southern scenery is most sweet,

But I meet you again in parting spring.

64

望 岳 唐 / 杜甫

dài	zōng	fú	rú	hé		qí	lǔ	qīng	wèi	liǎo
岱	宗	夫	如	何 ?		齐	鲁	青	未	了 。

zào	huà	zhōng	shén	xiù		yīn	yáng	gē	hūn	xiǎo
造	化	钟	神	秀 ,		阴	阳	割	昏	晓 。

dàng	xiōng	shēng	céng	yún		jué	zì	rù	guī	niǎo
荡	胸	生	层	云 ,		决	眦	入	归	鸟 。

huì	dāng	líng	jué	dǐng		yì	lǎn	zhòng	shān	xiǎo
会	当	凌	绝	顶 ,		一	览	众	山	小 。

GAZING ON MOUNT TAI   **Du Fu**

O peak of peaks, how high it stands!

One boundless green o'erspreads two States.

A marvel done by Nature's hands,

O'er light and shade it dominates.

Clouds rise therefrom and lave my breast,

My eyes are strained to see birds fleet.

Try to ascend the mountain's crest,

It dwarfs all peaks under our feet.

66

jué jù
绝句 唐 / 杜甫

chí rì jiāng shān lì
迟 日 江 山 丽 ，

chūn fēng huā cǎo xiāng
春 风 花 草 香 。

ní róng fēi yàn zǐ
泥 融 飞 燕 子 ，

shā nuǎn shuì yuān yāng
沙 暖 睡 鸳 鸯 。

A QUATRAIN Du Fu

Over a beautiful scene the sun is lingering,

Alive with birds and sweet with breath of spring.

To pick the thawing sod a pair of swallows fly,

Basking on the warm sand, two by two lovebirds lie.

zèng huā qīng
赠 花 卿 唐／杜甫

jǐn chéng sī guǎn rì fēn fēn
锦 城 丝 管 日 纷 纷 ，

bàn rù jiāng fēng bàn rù yún
半 入 江 风 半 入 云 。

cǐ qǔ zhǐ yīng tiān shàng yǒu
此 曲 只 应 天 上 有 ，

rén jiān néng dé jǐ huí wén
人 间 能 得 几 回 闻 。

TO GENERAL HUA Du Fu

With songs from day to day the Town of Silk is loud,
They waft with winds across the streams into the cloud.
Such music can be heard but in celestial spheres,
How many times has it been played for human ears?

fēng qiáo yè bó
枫 桥 夜 泊 唐 / 张继

月 落 乌 啼 霜 满 天 ，
yuè luò wū tí shuāng mǎn tiān

江 枫 渔 火 对 愁 眠 。
jiāng fēng yú huǒ duì chóu mián

姑 苏 城 外 寒 山 寺 ，
gū sū chéng wài hán shān sì

夜 半 钟 声 到 客 船 。
yè bàn zhōng shēng dào kè chuán

MOORING BY MAPLE BRIDGE AT NIGHT Zhang Ji

At moonset cry the crows, streaking the frosty sky,

Dimly lit fishing boats 'neath maples sadly lie.

Beyond the city wall, from Temple of Cold Hill

Bells break the ship-borne roamer's dream and midnight still.

73

渔 歌 子 唐 / 张志和

西 塞 山 前 白 鹭 飞 ，
桃 花 流 水 鳜 鱼 肥 。
青 箬 笠 ， 绿 蓑 衣 ，
斜 风 细 雨 不 须 归 。

A FISHERMAN'S SONG Zhang Zhihe

In front of western hills white egrets fly up and down,
Over peach-mirrored stream, where perches are full grown.
In my broad-brimmed blue hat and green Straw cloak I'd fain,
Go fishing careless alike of the slanting wind and rain.

74

塞下曲六首（其二） 唐／卢纶

林 暗 草 惊 风 ，
将 军 夜 引 弓 。
平 明 寻 白 羽 ，
没 在 石 棱 中 。

BORDER SONGS (II) Lu Lun (?—799?)

In gloomy woods grass shivers at wind's howl,
The general takes it for a tiger's growl.
He shoots and looks for his arrow next morn,
Only to find a rock pierced 'mid the thorn.

chú zhōu xī jiàn

滁州西涧 唐 / 韦应物

dú	lián	yōu	cǎo	jiàn	biān	shēng	
独	怜	幽	草	涧	边	生	，

shàng	yǒu	huáng	lí	shēn	shù	míng	
上	有	黄	鹂	深	树	鸣	。

chūn	cháo	dài	yǔ	wǎn	lái	jí	
春	潮	带	雨	晚	来	急	，

yě	dù	wú	rén	zhōu	zì	héng	
野	渡	无	人	舟	自	横	。

ON THE WEST STREAM AT CHUZHOU

Wei Yingwu (737—c. 792)

Alone, I like the riverside where green grass grows,
And golden orioles sing amid the leafy trees.
When showers fall at dusk, the river overflows,
A lonely boat athwart the ferry floats at ease.

早春呈水部张十八员外 唐/韩愈

tiān jiē xiǎo yǔ rùn rú sū
天 街 小 雨 润 如 酥 ，

cǎo sè yáo kàn jìn què wú
草 色 遥 看 近 却 无 。

zuì shì yì nián chūn hǎo chù
最 是 一 年 春 好 处 ，

jué shèng yān liǔ mǎn huáng dū
绝 胜 烟 柳 满 皇 都 。

EARLY SPRING WRITTEN FOR SECRETARY ZHANG JI   Han Yu (768—824)

The royal streets are moistened by a creamlike rain,
Green grass can be perceived afar but not near by.
It's the best time of a year that spring tries in vain,
With the capital veiled in willows to outvie.

游子吟 唐 / 孟郊
yóu zǐ yín

慈 母 手 中 线 ， 游 子 身 上 衣 。
cí mǔ shǒu zhōng xiàn yóu zǐ shēn shàng yī

临 行 密 密 缝 ， 意 恐 迟 迟 归 。
lín xíng mì mì féng yì kǒng chí chí guī

谁 言 寸 草 心 ， 报 得 三 春 晖 。
shéi yán cùn cǎo xīn bào dé sān chūn huī

SONG OF THE PARTING SON Meng Jiao (751—814)

From the threads a mother's hand weaves

A gown for parting son is made,

Sewn stitch by stitch before he leaves

For fear his return be delayed,

Such kindness as young grass receives

From the warm sun can be repaid?

wū yī xiàng
乌 衣 巷 唐 / 刘禹锡

zhū què qiáo biān yě cǎo huā
朱 雀 桥 边 野 草 花 ，

wū yī xiàng kǒu xī yáng xiá
乌 衣 巷 口 夕 阳 斜 。

jiù shí wáng xiè táng qián yàn
旧 时 王 谢 堂 前 燕 ，

fēi rù xún cháng bǎi xìng jiā
飞 入 寻 常 百 姓 家 。

THE STREET OF MANSIONS   Liu Yuxi (772—842)

Beside the Bridge of Birds rank grasses overgrow,

O'er the Street of Mansions the setting sun hangs low.

Swallows that skimmed by painted eaves in bygone days

Are dipping now among the humble homes' doorways.

wàng dòng tíng
望 洞 庭 唐 / 刘禹锡

hú guāng qiū yuè liǎng xiāng hé
湖 光 秋 月 两 相 和 ，

tán miàn wú fēng jìng wèi mó
潭 面 无 风 镜 未 磨 。

yáo wàng dòng tíng shān shuǐ cuì
遥 望 洞 庭 山 水 翠 ，

bái yín pán lǐ yì qīng luó
白 银 盘 里 一 青 螺 。

LAKE DONGTING VIEWED FROM AFAR Liu Yuxi

The autumn moon dissolve in soft light of the lake,

Unruffled surface like unpolished mirror bright.

Afar, the isle' mid clear water without a break

Looks like a spiral shell in a plate silver-white.

chí   shàng

池 上 唐 / 白居易

xiǎo wá chēng xiǎo tǐng
小 娃 撑 小 艇 ，

tōu cǎi bái lián huí
偷 采 白 莲 回 。

bù jiě cáng zōng jì
不 解 藏 踪 迹 ，

fú píng yí dào kāi
浮 萍 一 道 开 。

ON LOTUS POND Bai Juyi (772—846)

A little boy, oh! Rows a little boat,

In stealth he gathers lotus seed afloat.

He knows not how to hide his trace by day,

They floating lotus leaves reveal his way.

赋 得 古 原 草 送 别　唐 / 白居易

离 离 原 上 草 ， 一 岁 一 枯 荣 。
野 火 烧 不 尽 ， 春 风 吹 又 生 。
远 芳 侵 古 道 ， 晴 翠 接 荒 城 。
又 送 王 孙 去 ， 萋 萋 满 别 情 。

GRASS ON THE ANCIENT PLAIN — FAREWELL TO A FRIEND　**Bai Juyi**

Wild grasses spread o'er ancient plain,

With spring and fall they come and go.

Fire tries to burn them up in vain,

They rise again when spring winds blow.

Their fragrance overruns the way,

Their green invades the ruined town.

To see my friend going away,

My sorrow grows like grass o'ergrown.

yì jiāng nán

忆江南 唐 / 白居易

jiāng nán hǎo
江 南 好 ，
fēng jǐng jiù céng ān
风 景 旧 曾 谙 。
rì chū jiāng huā hóng shèng huǒ
日 出 江 花 红 胜 火 ，
chūn lái jiāng shuǐ lù rú lán
春 来 江 水 绿 如 蓝 。
néng bú yì jiāng nán
能 不 忆 江 南 ？

FAIR SOUTH RECALLED Bai Juyi

Fair Southern shore,

With scenes I much adore.

At sunrise riverside flowers more red than fire,

In spring green river waves grows blue as sapphire.

Which I can't but admire.

93

mǐn nóng　　　qí èr
悯农（其二）唐/李绅

chú hé rì dāng wǔ
锄 禾 日 当 午 ，

hàn dī hé xià tǔ
汗 滴 禾 下 土 。

shéi zhī pán zhōng cān
谁 知 盘 中 餐 ，

lì lì jiē xīn kǔ
粒 粒 皆 辛 苦 。

THE PEASANTS (II) Li Shen (772—846)

At noon they weed with hoes,
Their sweat drips on the soil.
Each bowl of rice, who knows?
Is the fruit of hard toil.

jiāng xuě
江 雪 唐 / 柳宗元

千 山 鸟 飞 绝 ，
qiān shān niǎo fēi jué

万 径 人 踪 灭 。
wàn jìng rén zōng miè

孤 舟 蓑 笠 翁 ，
gū zhōu suō lì wēng

独 钓 寒 江 雪 。
dú diào hán jiāng xuě

FISHING IN SNOW Liu Zongyuan (773—819)

From hill to hill no bird in flight,

From path to path no man in sight.

A lonely fisherman afloat

Is fishing snow in lonely boat.

xún yǐn zhě bú yù

寻 隐 者 不 遇 唐 / 贾岛

sōng xià wèn tóng zǐ
松 下 问 童 子 ，

yán shī cǎi yào qù
言 师 采 药 去 。

zhǐ zài cǐ shān zhōng
只 在 此 山 中 ，

yún shēn bù zhī chù
云 深 不 知 处 。

FOR AN ABSENT RECLUSE Jia Dao (779—843)

I ask your lad 'neath a pine tree,

"My master's gone for herbs," says he.

You hide amid the mountains proud,

I know not where deep in the cloud.

题 都 城 南 庄 唐 / 崔护

去年今日此门中，
人面桃花相映红。
人面不知何处去，
桃花依旧笑春风。

WRITTEN IN A VILLAGE SOUTH OF THE CAPITAL Cui Hu

In this house on this day last year, a pink face vied
In beauty with the pink peach blossoms side by side.
I do not know today where the pink face has gone,
In vernal breeze still smile pink peach blossoms full-blown.

xiǎo ér chuí diào
小 儿 垂 钓 唐 / 胡令能

蓬头 稚子 学 垂 纶 ，
péng tóu zhì zǐ xué chuí lún

侧 坐 莓 苔 草 映 身 。
cè zuò méi tái cǎo yìng shēn

路 人 借 问 遥 招 手 ，
lù rén jiè wèn yáo zhāo shǒu

怕 得 鱼 惊 不 应 人 。
pà dé yú jīng bú yìng rén

A FISHING LAD Hu Lingneng

A lad with disheveled hair learns to fish,
He sits amid rank grass to fill his wish.
He waves his hand, when passers-by ask him the way,
For fear the baited fish may go away.

shān xíng
山 行 唐 / 杜牧

yuǎn shàng hán shān shí jìng xié
远 上 寒 山 石 径 斜 ,
bái yún shēng chù yǒu rén jiā
白 云 生 处 有 人 家 。
tíng chē zuò ài fēng lín wǎn
停 车 坐 爱 枫 林 晚 ,
shuāng yè hóng yú èr yuè huā
霜 叶 红 于 二 月 花 。

GOING UP THE HILL Du Mu (803—852)

A slanting stony path leads far to the cold hill,

Where fleecy clouds are born, there appear cots and bowers.

I stop my cab at maple woods to gaze my fill,

Frost-bitten leaves look redder than early spring flowers.

清 明 唐 / 杜牧

qīng míng shí jié yǔ fēn fēn
清 明 时 节 雨 纷 纷 ,

lù shàng xíng rén yù duàn hún
路 上 行 人 欲 断 魂 。

jiè wèn jiǔ jiā hé chù yǒu
借 问 酒 家 何 处 有 ?

mù tóng yáo zhǐ xìng huā cūn
牧 童 遥 指 杏 花 村 。

THE MOURNING DAY **Du Mu**

A drizzling rain falls like tears on the Mourning Day,

The mourner's heart is going to break on his way.

Where can a wineshop be found to drown his sad hours?

A cowherd points to a cot 'mid apricot flowers.

jiāng nán chūn

江 南 春 唐 / 杜牧

qiān	lǐ	yīng	tí	lù	yìng	hóng	
千	里	莺	啼	绿	映	红	，

shuǐ	cūn	shān	guō	jiǔ	qí	fēng	
水	村	山	郭	酒	旗	风	。

nán	cháo	sì	bǎi	bā	shí	sì	
南	朝	四	百	八	十	寺	，

duō	shǎo	lóu	tái	yān	yǔ	zhōng	
多	少	楼	台	烟	雨	中	。

SPRING ON THE SOUTHERN RIVERSHORE

Du Mu

Orioles sing for miles 'mid red blooms and green trees,

By hills and rills wineshop streamers wave in the breeze.

Four hundred eighty splendid temples still remain

Of Southern Dynasties in the mist and the rain.

qiū xī

秋 夕 唐 / 杜牧

yín zhú qiū guāng lěng huà píng
银 烛 秋 光 冷 画 屏 ，

qīng luó xiǎo shàn pū liú yíng
轻 罗 小 扇 扑 流 萤 。

tiān jiē yè sè liáng rú shuǐ
天 阶 夜 色 凉 如 水 ，

zuò kàn qiān niú zhī nǚ xīng
坐 看 牵 牛 织 女 星 。

AN AUTUMN NIGHT Du Mu

Autumn has chilled the painted screen in candlelight,

A palace maid uses a fan to catch fireflies.

The steps seem steeped in water when cold grows the night,

She sits to watch two stars in love meet in the skies.

lè yóu yuán
乐 游 原 唐／李商隐

xiàng wǎn yì bú shì
向 晚 意 不 适 ，

qū chē dēng gǔ yuán
驱 车 登 古 原 。

xī yáng wú xiàn hǎo
夕 阳 无 限 好 ，

zhǐ shì jìn huáng hūn
只 是 近 黄 昏 。

ON THE PLAIN OF TOMBS Li Shangyin(c. 813—c. 858)

At dusk my heart is filled with gloom,
I drive my cab to ancient tomb.
The setting sun seems so sublime,
But it is near its dying time.

cháng é
嫦 娥 唐 / 李商隐

yún	mǔ	píng	fēng	zhú	yǐng	shēn	
云	母	屏	风	烛	影	深	，

cháng	hé	jiàn	luò	xiǎo	xīng	chén	
长	河	渐	落	晓	星	沉	。

cháng	é	yīng	huǐ	tōu	líng	yào	
嫦	娥	应	悔	偷	灵	药	，

bì	hǎi	qīng	tiān	yè	yè	xīn	
碧	海	青	天	夜	夜	心	。

TO THE MOON GODDESS Li Shangyin

Upon the marble screen the candlelight is winking,
The Silver River slants and morning stars are sinking.
You'd regret to have stolen the miraculous potion,
Each night you brood o'er the lonely celestial ocean.

fēng

蜂 唐 / 罗隐

bú	lùn	píng	dì	yǔ	shān	jiān	
不	论	平	地	与	山	尖	，

wú	xiàn	fēng	guāng	jìn	bèi	zhàn	
无	限	风	光	尽	被	占	。

cǎi	dé	bǎi	huā	chéng	mì	hòu	
采	得	百	花	成	蜜	后	，

wèi	shéi	xīn	kǔ	wèi	shéi	tián	
为	谁	辛	苦	为	谁	甜	？

THE BEES   Luo Yin (833—909)

Whether on grassy plain or on high mountains green,
The bees would hold the scepter of the beautiful scene.
They gather honey from a hundred fragrant flowers,
Bit it will only sweeten the rich woman's bowers.

jiāng shàng yú zhě

江 上 渔 者 北宋 / 范仲淹

jiāng shàng wǎng lái rén
江 上 往 来 人 ，

dàn ài lú yú měi
但 爱 鲈 鱼 美 。

jūn kàn yí yè zhōu
君 看 一 叶 舟 ，

chū mò fēng bō lǐ
出 没 风 波 里 。

THE FISHERMAN ON THE STREAM

Fan Zhongyan (989—1052)

You go up and down stream,
You love to eat the bream.
Lo! the fishing boat braves
Perilous wind and waves.

yí qù èr sān lǐ
一 去 二 三 里 北宋 / 邵雍

yí qù èr sān lǐ
一 去 二 三 里 ，

yān cūn sì wǔ jiā
烟 村 四 五 家 。

tíng tái liù qī zuò
亭 台 六 七 座 ，

bā jiǔ shí zhī huā
八 九 十 枝 花 。

ONE GOES TWO OR THREE MILES Shao Yong

One sees on going out two or three miles,

Smoke rise from four or five houses or piles.

With six or seven pavilions and bowers,

Adorned with eight, nine or ten twigs of flowers.

121

yuán rì

元 日 北宋 / 王安石

bào zhú shēng zhōng yí suì chú
爆 竹 声 中 一 岁 除 ，

chūn fēng sòng nuǎn rù tú sū
春 风 送 暖 入 屠 苏 。

qiān mén wàn hù tóng tóng rì
千 门 万 户 瞳 瞳 日 ，

zǒng bǎ xīn táo huàn jiù fú
总 把 新 桃 换 旧 符 。

THE LUNAR NEW YEAR'S DAY   Wang Anshi (1021—1086)

With crackers' cracking noise the old year passed away,

The vernal breeze brings us warm wine and warm spring day.

The rising sun sheds light on doors of each household,

New peachwood charm is put up to replace the old.

méi huā
梅 花 北宋 / 王安石

qiáng jiǎo shù zhī méi
墙 角 数 枝 梅 ，
líng hán dú zì kāi
凌 寒 独 自 开 。
yáo zhī bú shì xuě
遥 知 不 是 雪 ，
wèi yǒu àn xiāng lái
为 有 暗 香 来 。

MUME BLOSSOMS Wang Anshi

At the wall corner mume trees grow,
Against the cold they bloom apart.
How could we know they are not snow?
For fragrance unseen they impart.

bó chuán guā zhōu

泊船瓜洲 北宋 / 王安石

jīng	kǒu	guā	zhōu	yì	shuǐ	jiàn	
京	口	瓜	洲	一	水	间	，

zhōng	shān	zhǐ	gé	shù	chóng	shān	
钟	山	只	隔	数	重	山	。

chūn	fēng	yòu	lǜ	jiāng	nán	àn	
春	风	又	绿	江	南	岸	，

míng	yuè	hé	shí	zhào	wǒ	huán	
明	月	何	时	照	我	还	。

MOORED AT THE FERRY Wang Anshi

A river severs Northern shore and Southern land,

Between my home and me but a few mountains stand.

The vernal wind has greened the Southern shore again,

When will the moon shine bright on my return? O when?

shū hú yīn xiān shēng bì
书 湖 阴 先 生 壁 北宋 / 王安石

máo yán cháng sǎo jìng wú tái
茅 檐 长 扫 净 无 苔 ，

huā mù chéng qí shǒu zì zāi
花 木 成 畦 手 自 栽 。

yì shuǐ hù tián jiāng lù rào
一 水 护 田 将 绿 绕 ，

liǎng shān pái tà sòng qīng lái
两 山 排 闼 送 青 来 。

WRITTEN ON MY NEIGHBOR'S WALL **Wang Anshi**

No moss grows under your thatched eaves oft swept clean,

Flowers and trees you planted flank your pathway new.

Your fields are girded with a stream of water green,

Two high peaks towering in front exhale the blue.

128

liù yuè èr shí qī rì wàng hú lóu zuì shū
六 月 二 十 七 日 望 湖 楼 醉 书 北宋 / 苏轼

hēi yún fān mò wèi zhē shān
黑 云 翻 墨 未 遮 山 ，

bái yǔ tiào zhū luàn rù chuán
白 雨 跳 珠 乱 入 船 。

juǎn dì fēng lái hū chuī sàn
卷 地 风 来 忽 吹 散 ，

wàng hú lóu xià shuǐ rú tiān
望 湖 楼 下 水 如 天 。

WRITTEN WHILE DRUNKEN IN LAKE VIEW PAVILION

Su Shi (1037—1101)

Dark clouds like spilt ink spread over the mountains quiet,

Raindrops like bouncing pearls into the boat run riot.

A sudden rolling gale dispels clouds far and nigh,

Calmed water in the lake becomes one with the sky.

饮 湖 上 初 晴 后 雨 北宋 / 苏轼

水 光 潋 滟 晴 方 好 ，
山 色 空 蒙 雨 亦 奇 。
欲 把 西 湖 比 西 子 ，
淡 妆 浓 抹 总 相 宜 。

DRINKING AT THE LAKE, FIRST IN SUNNY, THEN IN RAINY WEATHER   Su Shi

The brimming waves delight the eye on sunny days,
The dimming hills present rare view in rainy haze.
West Lake may be compared to Lady of the West [1],
Whether she is richly adorned or plainly dressed.

[1] Xi Shi (fl. 482 B.C.), a beautiful lady born near West Lake.

題 西 林 壁 北宋 / 苏轼
tí xī lín bì

横 看 成 岭 侧 成 峰 ，
héng kàn chéng lǐng cè chéng fēng

远 近 高 低 各 不 同 。
yuǎn jìn gāo dī gè bù tóng

不 识 庐 山 真 面 目 ，
bù shí lú shān zhēn miàn mù

只 缘 身 在 此 山 中 。
zhǐ yuán shēn zài cǐ shān zhōng

WRITTEN ON THE WALL OF WEST FOREST TEMPLE Su Shi

It's a range viewed in face and peaks viewed from the side,
Assuming different shapes viewed from far and wide.
Of Mountain Lu we cannot make out the true face,
For we are lost in the heart of the very place.

huì chóng chūn jiāng wǎn jǐng
惠 崇 春 江 晚 景 北宋 / 苏轼

zhú	wài	táo	huā	sān	liǎng	zhī
竹	外	桃	花	三	两	枝 ，

chūn	jiāng	shuǐ	nuǎn	yā	xiān	zhī
春	江	水	暖	鸭	先	知 。

lóu	hāo	mǎn	dì	lú	yá	duǎn
蒌	蒿	满	地	芦	芽	短 ，

zhèng	shì	hé	tún	yù	shàng	shí
正	是	河	豚	欲	上	时 。

VERNAL SCENE ON A RIVER Su Shi

Beyond bamboos a few twigs of peach blossoms blow,

When spring has warmed the stream, ducks are the first to know.

By waterside short reeds bud and wild flowers teem,

It is just time for the globefish to swim upstream.

四时田园杂兴（其一）<small>sì shí tián yuán zá xīng qí yī</small> 南宋 / 范成大

昼 出 耘 田 夜 绩 麻 ，
<small>zhòu chū yún tián yè jì má</small>

村 庄 儿 女 各 当 家 。
<small>cūn zhuāng ér nǚ gè dāng jiā</small>

童 孙 未 解 供 耕 织 ，
<small>tóng sūn wèi jiě gòng gēng zhī</small>

也 傍 桑 阴 学 种 瓜 。
<small>yě bàng sāng yīn xué zhòng guā</small>

RURAL LIFE (I) Fan Chengda (1126—1193)

Our sons go out to cultivate the fields by days,

By night our daughters weave thread into cloth with ease.

Their children cannot help their parents,so they stay

And learn to sow melon seed' neath mulberry trees.

四时田园杂兴（其二）南宋 / 范成大

梅子金黄杏子肥，
麦花雪白菜花稀。
日长篱落无人过，
唯有蜻蜓蛱蝶飞。

RURAL LIFE (II) Fan Chengda

Golden mume blossoms make apricots bright,
Among rape flowers wheat appears snow-white.
No men pass by the fence all the day long,
Dragonflies and butterflies sing their song.

141

xiǎo chí
小池 南宋 / 杨万里

quán yǎn wú shēng xī xì liú
泉 眼 无 声 惜 细 流 ，
shù yīn zhào shuǐ ài qíng róu
树 阴 照 水 爱 晴 柔 。
xiǎo hé cái lù jiān jiān jiǎo
小 荷 才 露 尖 尖 角 ，
zǎo yǒu qīng tíng lì shàng tóu
早 有 蜻 蜓 立 上 头 。

A LITTLE POOL Yang Wanli (1127—1206)

The silent fountain's eye lets slender streamlet flow,
The trees' shade mirrored on water loves mild fine day.
The little lotus leaf's just made a tiny show,
A dragonfly alights on its tip on the sway.

142

143

晓 出 净 慈 寺 送 林 子 方 南宋 / 杨万里

毕 竟 西 湖 六 月 中 ，
风 光 不 与 四 时 同 。
接 天 莲 叶 无 穷 碧 ，
映 日 荷 花 别 样 红 。

THE WEST LAKE Yang Wanli

The uncommon West Lake in the midst of sixth moon
Displays a scenery to other months unknown.
Green lotus leaves outspread as far as boundless sky,
Pink lotus blossoms take from sunshine a new dye.

春 日 南宋 / 朱熹

shèng rì xún fāng sì shuǐ bīn
胜 日 寻 芳 泗 水 滨 ，

wú biān guāng jǐng yì shí xīn
无 边 光 景 一 时 新 。

děng xián shí dé dōng fēng miàn
等 闲 识 得 东 风 面 ，

wàn zǐ qiān hóng zǒng shì chūn
万 紫 千 红 总 是 春 。

A SPRING DAY Zhu Xi (1130—1200)

I seek for spring by riverside on a fine day,

O what refreshing sight does the boundless view bring?

I find the face of vernal wind in easy way,

Myriads of reds and violets reveal only spring.

guān shū yǒu gǎn
观书有感 南宋 / 朱熹

bàn mǔ fāng táng yí jiàn kāi
半 亩 方 塘 一 鉴 开 ,

tiān guāng yún yǐng gòng pái huái
天 光 云 影 共 徘 徊 。

wèn qú nǎ dé qīng rú xǔ
问 渠 那 得 清 如 许 ?

wèi yǒu yuán tóu huó shuǐ lái
为 有 源 头 活 水 来 。

THE BOOK Zhu Xi

There lies a glassy oblong pool,

Where light and shade pursue their course.

How can it be so clear and cool?

For water fresh comes from its source.

游园不值 南宋 / 叶绍翁
yóu yuán bù zhí

应 怜 屐 齿 印 苍 苔 ，
yīng lián jī chǐ yìn cāng tái

小 扣 柴 扉 久 不 开 。
xiǎo kòu chái fēi jiǔ bù kāi

春 色 满 园 关 不 住 ，
chūn sè mǎn yuán guān bú zhù

一 枝 红 杏 出 墙 来 。
yì zhī hóng xìng chū qiáng lái

CALLING ON A FRIEND WITHOUT MEETING HIM **Ye Shaoweng (fl.1224)**

How could the green moss like my sabots, whose teeth sting?

I tap long at the door, but none opens at my call.

The garden can't confine the full beauty of spring,

An apricot extends a blooming branch o'er the wall.

xiāng cūn sì yuè
乡村四月 南宋 / 翁卷 (juǎn)

lù biàn shān yuán bái mǎn chuān
绿 遍 山 原 白 满 川 ，

zǐ guī shēng lǐ yǔ rú yān
子 规 声 里 雨 如 烟 。

xiāng cūn sì yuè xián rén shǎo
乡 村 四 月 闲 人 少 ，

cái liǎo cán sāng yòu chā tián
才 了 蚕 桑 又 插 田 。

RURAL LIFE Weng Juan

All hills and fields are clad in green and streams in white,
Cuckoos shed tears while rain drizzles like vapor light.
The peasants in the fourth moon are busy farm hand,
Having just fed the silkworms, they should till the land.

153

mò méi
墨 梅 元 / 王冕（miǎn）

wǒ jiā xǐ yàn chí tóu shù
我 家 洗 砚 池 头 树 ，

duǒ duǒ huā kāi dàn mò hén
朵 朵 花 开 淡 墨 痕 。

bú yào rén kuā hǎo yán sè
不 要 人 夸 好 颜 色 ，

zhǐ liú qīng qì mǎn qián kūn
只 留 清 气 满 乾 坤 。

MUME BLOSSOMS PAINTED IN BLACK INK **Wang Mian (?—1359)**

Beside our ancestor' inky pool grows a tree,

Each and every flower bears the pale inky trace.

It needs no one to praise its color in high glee,

For it will leave on earth but its uncommon grace.

shí huī yín
石 灰 吟 明 / 于谦

qiān chuí wàn záo chū shēn shān
千 锤 万 凿 出 深 山 ，

liè huǒ fén shāo ruò děng xián
烈 火 焚 烧 若 等 闲 。

fěn gǔ suì shēn hún bú pà
粉 骨 碎 身 浑 不 怕 ，

yào liú qīng bái zài rén jiān
要 留 清 白 在 人 间 。

SONG OF THE LIME Yu Qian (1398—1457)

You come out of deep mountains after hammer blows,
Under fire and water tortures you're not in woes.
Though broken into pieces, you will have no fright,
You'll purify the world by washing it e'er white.

156

zhú shí

竹 石 清 / 郑燮 (xiè)

咬 定 青 山 不 放 松 ，
yǎo dìng qīng shān bú fàng sōng

立 根 原 在 破 岩 中 。
lì gēn yuán zài pò yán zhōng

千 磨 万 击 还 坚 劲 ，
qiān mó wàn jī hái jiān jìng

任 尔 东 西 南 北 风 ！
rèn ěr dōng xī nán běi fēng

BAMBOO IN THE ROCK Zheng Xie (1693—1765)

Upright stands the bamboo amid green mountains steep,

Its toothlike root in broken rock is planted deep.

It's strong and firm though struck and beaten without rest,

Careless of the wind from north or south, east or west.

suǒ jiàn
所见 清 / 袁枚

mù tóng qí huáng niú
牧 童 骑 黄 牛 ,

gē shēng zhèn lín yuè
歌 声 振 林 樾 。

yì yù bǔ míng chán
意 欲 捕 鸣 蝉 ,

hū rán bì kǒu lì
忽 然 闭 口 立 。

A COWBOY Yuan Mei (1716—1798)

A cowboy rides a yellow cow,

His songs amid the trees are heard.

To catch the singing cicadas now,

We see him stand without a word.

cūn jū
村 居 清 / 高鼎

草 长 莺 飞 二 月 天 ，
cǎo zhǎng yīng fēi èr yuè tiān

拂 堤 杨 柳 醉 春 烟 。
fú dī yáng liǔ zuì chūn yān

儿 童 散 学 归 来 早 ，
ér tóng sàn xué guī lái zǎo

忙 趁 东 风 放 纸 鸢 。
máng chèn dōng fēng fàng zhǐ yuān

RURAL SCENE Gao Ding

In second moon over green grass orioles fly,

Willows caress the bank, drunken with azure sky.

Early the school dismissed, schoolboys come home at ease,

They are glad to fly the kite in the eastern breeze.

Appendix: Chronological Table of the Chinese Dynasties

The Paleolithic Period	Approx. 1,700,000–10,000 years ago
The Neolithic Age	Approx. 10,000–4,000 years ago
Xia Dynasty	2070–1600 BC
Shang Dynasty	1600–1046 BC
Western Zhou Dynasty	1046–771 BC
Spring and Autumn Period	770–476 BC
Warring States Period	475–221 BC
Qin Dynasty	221–206 BC
Western Han Dynasty	206 BC–AD 25
Eastern Han Dynasty	25–220
Three Kingdoms	220–280
Western Jin Dynasty	265–317
Eastern Jin Dynasty	317–420
Northern and Southern Dynasties	420–589
Sui Dynasty	581–618
Tang Dynasty	618–907
Five Dynasties	907–960
Northern Song Dynasty	960–1127
Southern Song Dynasty	1127–1279
Yuan Dynasty	1206–1368
Ming Dynasty	1368–1644
Qing Dynasty	1616–1911
Republic of China	1912–1949
People's Republic of China	Founded in 1949